Götz Blome

Der Götterberg

Eine Geschichte vom Sinn des Lebens

Götz Blome

Der Götterberg

Bibliografische Information der Deutschen Nationalbibliothek: Die Deutsche Nationalbibliothek verzeichnet diese Publikation in der Deutschen Nationalbibliografie; detaillierte bibliografische Daten sind im Internet über www.dnb.de abrufbar.

Herstellung und Verlag:

BoD – Books on Demand, Norderstedt

ISBN 9783734730894

Es war einmal ein König, dem man den Beinamen »Der Weise« gegeben hat und dessen Regierungszeit in die Geschichte seines Landes als das »glückliche Zeitalter« eingegangen ist. Denn unter seiner Herrschaft gab es weder Kriege noch Hungersnöte, weder Seuchen noch Katastrophen. Dabei war sein Land so unermesslich groß, dass er niemals, so weit er auch gereist war, seine Grenzen erreicht hatte.

Als seine Zeit auf Erden abgelaufen war, rief er seinen Sohn zu sich und sagte: »Du hast nun alles gelernt, was du für dein schweres Amt wissen musst. Du kennst die Geschichte unseres Landes, das Finanz- und Kriegswesen, die Rechtsprechung, die Philosophie, die Kunst und die Religion. Ich habe dir die besten Lehrer unseres Landes gegeben, damit du einst zum Segen unseres Volkes wirken kannst.

Allein hierfür wirst du auch eines Tages all die Vorrechte, die Macht und den Reichtum von mir erben, nicht aber zu deinem persönlichen Besitz und Vergnügen. Denn auch du, so mächtig du sein wirst, bist nur der Untertan eines noch größeren Herrschers, der jenseits unserer Grenzen in einem Land herrscht, das kein Sterblicher je betreten hat.

Ich werde euch bald verlassen und die Reise dorthin antreten, um ihm Rechenschaft abzulegen.

Du aber, mein Sohn, vergiss nie, dass ich dir die Herrschaft über unser Volk nur in seinem Auftrag übergebe. Es ist eine Aufgabe, an der du dich bewähren und groß werden sollst.

Ich habe sehr wohl bemerkt, dass du alles, was deine Macht und dein Ansehen fördern konnte, bereitwillig gelernt hast, dass du aber allen Beschwerlichkeiten, die nicht unmittelbar diesem Zweck dienten, ausgewichen bist. Deshalb hast du dich auch stets geweigert, mich bei dem gefährlichen und schweren Aufstieg auf den Götterberg, den ich zu bestimmten Zeiten unternahm, zu begleiten.

Ich habe dich gewähren lassen, denn ich hoffte, dass du mit der Zeit klug genug werden würdest, um zu erkennen, dass auf ihm das Geheimnis unseres Glückes liegt. Jetzt aber bleibt keine Zeit mehr, und ich bitte dich, mich auf meiner letzten Reise dorthin zu begleiten, damit du es erfährst. «

So zog er mit seinem Sohn zu jenem geheimnisumwitterten, mächtigen Berg, dessen Kuppe in unendliche Himmelshöhen aufragte, und nahm diesmal auch seinen Hofstaat mit. Sie reisten gerne mit ihm durch das flache, grüne Land, labten sich an süßen Früchten, tanzten mit fröhlichen Menschen, badeten in silbernen Flüssen und lagerten auf weichem Moos. Als sie aber an dem Berg angekommen waren und die Wege steil und felsig wurden, als sie die dunklen Wälder sahen, die ihn unten umgürteten, und die schroffen Steilhänge, die sich aus ihnen erhoben, da stimmten sie ein großes Geschrei an und wussten hundert Gründe, warum sie nicht hinaufsteigen konnten.

»Es wundert mich nicht, dass ihr mir nicht folgen wollt«, sagte der König, »denn Kleinmut und Bequemlichkeit sind wahrlich eine schwere Last. Wie solltet ihr, da sie euch wie eiserne Ketten anhängen, in die Höhen steigen können?

Bleibt also hier und wartet, bis ich mit meinesgleichen dort oben war und mich am ewigen Geheimnis gestärkt habe. «

Die Leute waren froh, dass sie rasten und sich weiterhin den Tag mit allerlei Kurzweil vertreiben konnten. Sie fragten sich nur, wen der König gemeint haben könnte, als er von seinesgleichen sprach, denn weit und breit kannten sie keinen anderen König. So nahmen sie an, es sei seine Familie. Doch als er eines Abends bei sinkender Sonne aufbrach, machte keiner von der königlichen Familie Anstalten, ihm zu folgen. Auch sein Sohn brachte viele Einwände gegen das gefährliche Unternehmen vor.

»Warum «, so fragte er, »sollen wir diese Strapazen auf uns nehmen, wenn wir hier in aller Bequemlichkeit das genießen können, was wir haben?

Warum sollen wir auf engen Pfaden bergauf klettern, wenn wir auf breiten Wegen schreiten können? Lass uns um den Berg herumziehen. Wir wollen ihn von allen Seiten betrachten. Das wird genügen, um sein Geheimnis kennen-  zulernen. « Alle pflichteten ihm bei und dachten bei sich: Was für einen vernünftigen Herrscher werden wir einmal haben!

Der alte König aber nahm seinen Sohn beiseite und sagte zu ihm:

«Vergiss nicht den Wahlspruch der Könige:

Großes macht groß, Mühe macht stark, Höhe lässt sehen.

Befolge ihn, wenn du nicht untergehen willst. «

Da ging der Sohn mit ihm, - nicht, weil er verstanden hatte, sondern weil er es nicht wagte, sich dem Alten zu widersetzen.

Als sie ein Stück Weges gegangen waren, blickte er zurück und bemerkte, dass sich ihnen eine Handvoll Männer angeschlossen hatte, die er noch nie bei Hofe gesehen. »Was wollen diese Männer? « fragte er empört, »Dies ist eine Reise für Könige! «

»Du hast recht, mein Sohn«, entgegnete der Alte, »nur wer den Götterberg bestiegen hat, kann König sein. «

»Wer außer mir, deinem Sohn, sollte das sein? «.

»Ja - wenn du dessen würdig bist ... «

Sie schritten bergauf, und bald wurde der Pfad so steil und gefährlich, dass sie nur noch mit Mühe vorankamen. Der alte König kannte den Weg und kletterte voran, die anderen folgten ihm.

Aber nach einiger Zeit blieb der Sohn, der solche Strapazen nicht gewöhnt war, mehr und mehr zurück. Er rief ihnen zu, sie sollten auf ihn warten, ärgerlich zunächst und schließlich ängstlich, denn er fürchtete sich in dieser Wildnis, in der schwarze Bäume himmelan ragten, wilde Sturzbäche hernie-

der brausten und unheimliche Tiere durch das Unterholz schlichen. Vor allem aber bangte er um seinen Herrschaftsanspruch.

Man wartete ein- oder zweimal auf ihn, doch je höher die kleine Gruppe kam, desto unaufhaltsamer zog es sie hinan und desto weniger achteten sie auf ihn. Oft erreichte er sie erst spät in der Nacht, von ihrem kleinen Lagerfeuer geleitet, zerschunden, erschöpft und verbittert. Aber seine Vorwürfe fanden kein Gehör. Sie sahen ihn an, als spräche er in einer fremden Sprache.

So ging es weiter, Tag um Tag. Es wurde immer heller, die Bäume wichen fußhohem Gras, aus dem sich kahle Felsen erhoben, und der Himmel türmte sich über ihnen wie eine gläserne Kathedrale.

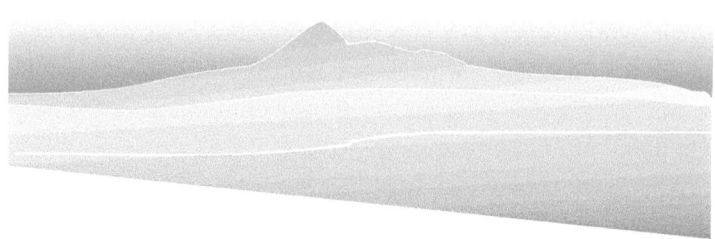

Mit einem Male erreichten sie den Gipfel. Der alte König erkletterte einen großen, flachen Felsen, der nach allen Seiten hin weiten Ausblick bot, und sprach zu seinem Sohn, indem er die Arme ausbreitete:

»Dies ist das Geheimnis. Sieh in die Ferne. Dort liegen die Grenzen unseres Reiches. Jenseits des großen Stromes, der so silbern glänzt, leben mächtige, kriegerische Völker. Von hier aus konnte ich immer sehen, ob sie Frieden wollten oder auf Krieg sannen, und die richtige Verteidigung finden. Und dort die Wolken, die sich über den fernen Gebirgen türmen: sie zeigten mir die Unwetter, die Stürme, den Hagel und die Dürre, so dass ich immer Vorsorge treffen konnte. Dort aber, wo soeben die Sonne versinkt, liegt das Reich des mächtigen Herrn der Welt.

Öffne deine Augen, damit du seine Zeichen erkennst, deine Ohren, damit du seine Stimme vernimmst, und dein Herz, damit du verstehst, was er dir zum Wohle deines Volkes aufträgt. «

Er ging auf die Knie, zog den widerstrebenden Sohn zu sich herab und hielt ihn mit eiserner Hand an seiner Seite. Die Nacht brach schnell herein, Nebel stiegen auf und hüllten sie ein. Gewaltige Furcht überfiel den Sohn, und so kniete er, ohne sich zu regen, die ganze Nacht dicht neben seinem greisen Vater, der unbeweglich in die Ferne starrte. Es schien ihm, als höre er Stimmen, und als bewegten sich in den Nebelfetzen Gestalten. Doch er wagte nicht, genau hinzusehen, und hoffte nur inbrünstig, dass diese Schrecken bald vorübergingen.

Irgendwann begann der Himmel zu schimmern, bläulich zunächst und dann rosa, und dann stieg gleißend die Sonne aus den fernen Ozeanen.

Der alte König wandte sich ihr zu, breitete die Arme aus und sprach, als gebe er jemandem Antwort: »Ja, so sei es!« Dann sagte er zu seinem Sohn: »Nun hast du alles erfahren. - Aber hast du es auch verstanden? « fügte er zweifelnd hinzu. »Ich weiß nicht, was dir bestimmt ist, weiß nicht, welchen Weg du gehen wirst. Du hast etwas Großes erlebt; das Ziel deines Lebens ist, es zu verstehen.

Er blickte ihm tief und prüfend in die Augen, doch der Sohn senkte den Blick.

»Weiter kann ich dich nicht führen, denn hier trennen sich unsere Wege. Heute Nacht habe ich den Aufstieg zu jenem Berg entdeckt, nach dem ich mein Leben lang gesucht habe.«

Dabei wies er auf einen gewaltig aus dem fernen Horizont aufragenden Gipfel, dessen Spitze sich in den rosa schimmernden Morgenwolken verbarg.

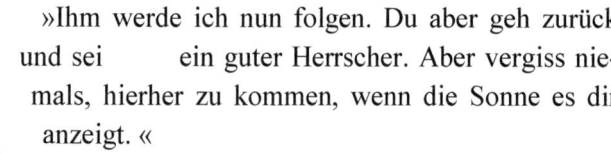

»Ihm werde ich nun folgen. Du aber geh zurück und sei ein guter Herrscher. Aber vergiss niemals, hierher zu kommen, wenn die Sonne es dir anzeigt.«

Bei diesen Worten übergab er ihm eine kunstvoll verzierte, goldene Scheibe, in die ein roter Edelstein eingelassen war. Wenn man sie in einer bestimmten Weise in die Sonne hielt, schickte diese einen feinen, leuchtenden Strahl durch den Stein.

»Sobald der Stein zu leuchten beginnt, ist für dich die Zeit gekommen, hier auf dem Felsen dein Knie zu beugen und dem Mächtigen zu lauschen. Die Scheibe zeigt es dir rechtzeitig an.«

»Euch, meine Freunde«, sprach er sodann zu seinen Begleitern, »bitte ich, eurem neuen König als treue und unbestechliche Berater zur Seite zu stehen, solange er sich dessen als würdig erweist. An eurem Beistand wird er erkennen, ob er sich auf dem rechten Weg befindet.«

Dann sagte er zum Ältesten von ihnen:
»Dich bestimme ich zum Bewahrer der goldenen Scheibe. Stelle sie meinem Sohn jeden Tag um die Abendzeit auf den Tisch - zur Erinnerung, dass auch er nur ein Diener des Herrn über Zeit und Raum ist.«
Damit wandte sich der alte König, nachdem er sich herzlich von allen verabschiedet hatte, nach Westen und verschwand bald aus ihren Augen. Der Sohn aber kehrte,

von den Begleitern geführt, zu seinem Volk zurück, das ihn zum neuen König wählte.

Nun begannen vergnügliche Zeiten. Der neue König schaffte manches unbequeme Gesetz, das sein Vater erlassen hatte, ab und gab seinen Untertanen mehr Raum für ihre persönlichen Wünsche, für Unterhaltung und Zeitvertreib.

Jene Männer jedoch, die ihn seinerzeit auf den Berg begleitet hatten, warnten ihn immer wieder davor, die alte Ordnung aufzulösen und Gebräuche abzuschaffen, die er, wie sie sagten, noch nicht verstehe. Anfangs vermochten sie ihn noch zu beeinflussen, doch mit der Zeit nahm er sich andere Berater, die ihm Vorschläge zur Errichtung einer neuen, besseren Welt machen sollten, in der es weder Krankheit noch Mühe, weder Leid noch Angst gäbe. Er trug ihnen sogar auf, Mittel und Wege zu finden, um den Tod zu besiegen.

Der Erfolg schien ihm recht zu geben, denn sein Volk wurde - allerdings noch dank der weisen Vorsorge des alten Königs - weder von Feinden noch von Hungersnöten heimgesucht. So lebten alle in immer größerer Gedankenlosigkeit vor sich hin.

Auch der neue König ergab sich mehr und mehr den angenehmen Zerstreuungen, die ihm der Thron ermöglichte - und wäre da nicht die goldene Scheibe gewesen, die ihn jeden

Abend an den unangenehmen Auftrag seines Vaters erinnerte, er hätte sich für vollkommen glücklich gehalten.

So aber überfielen ihn immer wieder Unbehagen und Bangigkeit, wenn er den feinen Strahl der Abendsonne vorwärts rücken und den Tag des schweren Aufstiegs näher kommen sah.

Er wagte nicht, die Reise abzusagen, aber er erlaubte doch seinen neuen Günstlingen, laut zu fragen, welchen Sinn es hätte, sich einer solchen Gefahr auszusetzen, nur um einem Aberglauben zu huldigen. Sie befürchteten, dass auch sie ihn auf den sagenumwobenen Berg begleiten müssten und begannen, ihm Vorschläge zu machen, wie er, wenn er so sehr an der schönen Aussicht interessiert sei, bequemer und sicherer hinaufgelangen könne.

Er antwortete nicht darauf, aber im Grunde seines Herzens gab er ihnen recht. Der Bewahrer der goldenen Scheibe aber erinnerte ihn mit immer dringlicheren Worten daran, dass es Zeit sei aufzubrechen.

Schließlich ging der junge König mit seinem ganzen Gefolge auf die Reise. Sie ließen keine Gelegenheit aus, sich zu vergnügen und zu zerstreuen und kamen in der angenehmsten Stimmung am Fuße jenes Berges an.

Nur der König wurde zunehmend verdrießlicher und verschob die Besteigung von Tag zu Tag.

Doch die goldene Scheibe mahnte immer dringlicher.

So machte er sich schließlich voller Widerwillen an den Aufstieg und forderte auch seine neuen Günstlinge auf, ihn zu begleiten. Als aber der Weg in die schwarzen Wälder einmündete, blieben sie, einer nach dem anderen, unter allerhand Vorwänden zurück. Der König verstand sie und beneidete sie darum.

Schließlich war nur noch die kleine Gruppe von früher bei ihm, die auch diesmal wieder eilig und unbeirrt dem Gipfel entgegenzog. Ja, dieses Mal nahmen sie noch weniger Rücksicht auf ihn, gönnten sich kaum Rast und eilten die halben Nächte hindurch. Vergeblich rief er sie an, befahl ihnen zu warten und bedrohte sie sogar. Sie aber achteten nicht darauf, sondern strebten, wie von einer magischen Kraft angezogen, schneller und schneller in die Höhe.

Wieder ging es durch tiefe Schluchten und dunkles Unterholz, über reißende Bergbäche und steile Felsen, höher und höher, dem Himmel entgegen. Endlich erreichten sie den Gipfel, und als sich der König mit letzter Kraft auf den Felsen geschleppt hatte, stand da, die goldene Scheibe und leuchtete in glutrotem Scheine auf.

Er sah seine Begleiter auf die Knie fallen und die Arme ausbreiten und folgte ihnen, wie unter einem fremden Zwang. Sein Blick ging in die Ferne, und er erkannte im Abendschimmer das silberne Band des großen Stromes, das ferne Gebirge mit den Wolkentürmen und die unendlichen Ozeane.

Doch bald versank alles in der Dunkelheit, und wieder stiegen die Nebel auf. Seine Begleiter waren verschwunden.

So war er allein auf dem Felsen, umgeben von Stimmen und Gestalten, und fürchtete sich so sehr, dass er schließlich in besinnungsloser Erschöpfung zu Boden sank.

Als er erwachte, stand die Sonne bereits eine Handbreit über dem Horizont und überzog das Land mit ihrem strahlenden Licht. Mühsam erhob er sich und starrte in die Ferne, doch dort war alles in einen seltsamen Dunst getaucht, der den Blick auf die Landschaften, die Ströme, die Wolken, die Meere und die Gebirge verbarg. Er stand da und erinnerte sich, wie sein Vater seinerzeit die Arme gehoben und »Ja, so sei es!« gesagt hatte.

Doch als er diese Geste wiederholen wollte, da waren ihm die Arme schwer wie Blei, und die Worte kamen ihm nicht über die Lippen.

Die Sonne stieg höher, wärmte seine erstarrten Glieder und gab ihm wieder Mut, so dass er unwillig ausrief: »Was soll dieser Unsinn? Wo bleibt dieser angeblich mächtige Herrscher, den ich hier erwarten soll? Ich sehe ihn nicht und höre ihn nicht, und auch diese Aussicht ist es nicht wert, solche Strapazen und Gefahren auf sich zu nehmen. Ich will es nicht wieder tun! « Er blickte um sich. Da stand nur noch der Bewahrer der goldenen Scheibe neben ihm und warf ihm einen so durchdringenden Blick zu, dass er verstummte und sich wortlos an den Abstieg machte.

Als er wieder im Lager angekommen war, veranstaltete er ein großes Fest, um sich von der Mühsal zu erholen und die seltsamen Ängste, die ihn nicht mehr verlassen wollten, zu vertreiben. Seinen Baumeistern aber gab er den Auftrag, einen sicheren und breiten Weg auf den Berg zu führen, mit bequemen Lagerstätten und ausreichenden Vorratskammern, und ein Lustschloss auf dem höchsten Felsen zu errichten, damit er von dort in aller Bequemlichkeit die Aussicht genießen und den Auftrag seines Vaters erfüllen könne.

Denn ganz wagte er sich ihm doch nicht zu widersetzen und duldete daher auch weiterhin jeden Abend die goldene Scheibe in seinem Zimmer.

Seine Baumeister begannen, breite Schneisen in die undurchdringlichen, schwarzen Wälder zu schlagen, Brücken über die Ströme zu bauen und die Gegend von allen gefährlichen Tieren zu befreien.

Sie arbeiteten Tag und Nacht, denn wieder rückte der Strahl auf der goldenen Scheibe unaufhaltsam vorwärts.

Und dann war es soweit: Mit einem großen Fest weihte der König die schöne, neue Straße auf den für unbezwingbar gehaltenen Berg ein, und jedermann freute sich darauf, eines Tages selbst hinaufzusteigen. Die Zeit für den Aufbruch war gekommen. Diesmal brauchte der König nicht daran erinnert zu werden - der Bewahrer der goldenen Scheibe hatte ohnehin damit aufgehört. Er hatte sie nur noch jeden Tag stumm auf den Tisch gestellt und sich mit einer Verbeugung entfernt. Dem König war dies recht, denn er wusste auch ohne Worte, dass jener sein Unternehmen verurteilte.

Mit fröhlicher Musik brach man auf. Diesmal musste der König nicht allein hinaufsteigen, sondern der ganze Hofstaat und selbst das Volk drängte nach, so dass er schließlich unter ihnen eine Auswahl traf. Er hatte erwartet, an jener Stelle, an der die Straße in die dunklen Wälder einmündete, wieder auf die früheren Begleiter zu stoßen, doch sie blieben aus.

So zog er, sein Unbehagen darüber durch nichtssagende Gespräche vertreibend, seinem Ziel entgegen. Dieses Mal wurde es fürwahr eine vergnügliche Reise. Es fehlte an keiner Bequemlichkeit, und man hatte nicht die geringste Gefahr zu bestehen.

Ausgeruht erreichte der König den Gipfel, erfreute sich an dem anmutigen Schlösschen, von dessen großen Fenstern aus er die majestätische Aussicht genießen und sich seiner lästigen Pflicht entledigen wollte. Die goldene Scheibe stand bereits auf einem Tischchen am Fenster, und der Augenblick kam näher, da der Stein tiefrot aufleuchten würde.

Der König trat ans Fenster. Er sah die Städte und Flüsse, Straßen und Felder und freute sich an seinem riesigen Besitz.

Dabei aber entging ihm, dass sein Blick nicht mehr über den silbernen Grenzstrom hinaus reichte, und an der Stelle, wo sein Vater ihm einst die gewaltigen Wolken gezeigt hatte, ein großes Gebirge die Sicht in die Ferne versperrte. Man hätte meinen können, er sei nicht auf dem wirklichen Gipfel, sondern auf halber Höhe. Und in der Tat hatten seine Baumeister, als sie bemerkten, dass ihre Künste nicht ausreichten, um den Weg bis auf die himmelragende Spitze zu führen, einfach das Schloss auf einer niedrigeren, ähnlich aussehenden Kuppe errichtet. Der König, in seiner Erleichterung darüber, dass er diesmal so angenehm hinaufgekommen war, bemerkte es nicht.

Er ließ sich seinen Sessel bringen, um den Abend zu erwarten, und als er sah, dass die goldene Scheibe aufleuchtete und

ihr Bewahrer wieder auf die Knie sank, sagte er laut: »Es ziemt sich nicht für einen König zu knien. Ich will den angeblich Mächtigen, von dem ihr mir so viel erzählt habt, hier erwarten und hören, was er mit mir zu verhandeln hat. «

So blickte er hinaus, genoss die großartige Aussicht und erinnerte sich mit Behagen, wie er beim letzten Mal gezittert, gefroren und gelitten hatte. Die Nacht brach herein, die Sterne funkelten, eine kühle Brise zog durch die geöffneten Fenster, und schließlich schlief er in seinem weichen Sessel ein.

Da hatte er einen Traum: Er sah seinen Vater auf dem Berg stehen, wie er es damals erlebt hatte, und stumm in die Ferne deuten. Dort ragten über mächtigen Gebirgen gewaltige, drohende Wolkentürme, in denen Blitze aufleuchteten und Donner grollte. Tief unten aber sah er eine ungeheure Kriegerschar, die im Begriff war, den Grenzstrom zu überschreiten. Ihr Anführer ritt voraus, und auf seiner langen Lanze war ein Kopf aufgespießt. Von eisigem Schrecken durchfahren, erkannte der König, dass es sein eigener war.

Schweißgebadet und zitternd erwachte er und ließ seinen Leibarzt rufen. Dieser war einst ein Taschenspieler gewesen und hatte mit kleinen Zaubereien das Volk auf den Jahrmärkten unterhalten. Doch er hatte höchste Würden er-

20

rungen, weil er eine Medizin gegen die bösen Träume gefunden hatte, von denen der König jetzt jede Nacht heimgesucht wurde. Normalerweise nahm dieser sie täglich vor dem Schlafengehen, doch heute hatte er es im Hochgefühl seines Triumphes versäumt. Der Leibarzt reichte ihm die eilends zubereitete Tinktur, und schon war alles vergessen.

Der König sank in einen tiefen, traumlosen Schlaf und erwachte erst, als die Sonne hoch am Himmel stand. In heiterer Stimmung rief er seine Begleiter zusammen. Gemeinsam erfreuten sie sich an dem schönen Ausblick, und einige waren so keck zu behaupten, die furchterregenden Sagen vom Götterberg, die im Volke umgingen, seien reine Ammenmärchen.

Zunächst war es dem König nicht aufgefallen, dass die goldene Scheibe samt ihrem Betreuer verschwunden war. Doch eines Abends fügte es sich, dass er allein auf der großen Schlossterrasse saß, ohne die vielfältigen Unterhaltungen, mit denen er sonst die Stille zu vertreiben pflegte. Sein Blick wanderte über den Horizont, wo die Sonne gerade unterging und einen letzten, glutroten Strahl zu ihm herübersandte. Eine Amsel sang ihr süßes Abendlied.

Da blieb plötzlich einen Herzschlag lang die Zeit für ihn stehen, und er sah vor seinem inneren Auge den roten Stein auf der goldenen Scheibe aufleuchten, die er so lange nicht vermisst hatte. Von einem tiefen Schmerz

erfasst, fühlte er eine unendliche Leere in sich: Wie arm war er gegen diesen kleinen Vogel, der sein dankbares Lied in den Abend sandte!

Zugleich wusste er, dass er in diesem Augenblick auf dem Götterberg erwartet wurde. Sein Herz krampfte sich in schneidendem Schmerz zusammen, und unter Stöhnen sank er in seinem Sessel zusammen.

Man fand ihn und rief den Leibarzt, der ihm sogleich eine Medizin eingab, die er schon seit langem für ihn bereithielt. Nach kurzer Zeit fühlte der König zu seiner großen Erleichterung, wie sich die eiserne Klammer in seiner Brust lockerte. Auch die bösen Ahnungen, die ihn mit so vernichtender Gewalt überfallen hatten, lösten sich auf wie Gespenster im Sonnenlicht. So pflichtete er seinem Leibarzt bei, als dieser erklärte, es habe sich um die Folge eines schweren Abendessens gehandelt. Dann spielten wieder die Musikanten, und angenehmes Geplauder erfüllte den Abend. Der König aber, froh über die schnelle Hilfe, die ihm sein Leibarzt gegeben hatte, verlieh ihm einen Orden und verlangte, dass das Mittel stets griffbereit sei, denn er fürchtete sich vor einem neuen Anfall. Auch achtete er darauf, dass er nie mehr in den Abendstunden allein auf der Terrasse blieb. Einen Augenblick hatte er daran gedacht, eilig auf den Berg zu ziehen, doch eine seltsame, tiefe Angst hielt ihn davon ab.

Bald darauf hieß es gerüchteweise, feindliche Horden hätten die Grenzen überschritten. Der König sandte Verstärkung dorthin; da man aber nichts Genaues erfuhr, dachte er bald nicht mehr daran. In diesem Jahr gab es auch zum ersten Mal seit langer Zeit eine Missernte, weil schwere, unvorhergesehene Unwetter die Felder verwüstet hatten. Der König beauftragte seine Minister mit dem Bau von Schutzvorrichtungen, und angesichts der reichlichen Vorräte, die man noch aus früheren Jahren hatte, machte man sich keine Sorgen. Es stellte sich jedoch heraus, dass man bei der Lagerung der Vorräte zu nachlässig gewesen war und ein großer Teil von ihnen verdorben war. Zugleich mehrten sich die Nachrichten, dass der Feind, indem er überraschend angriff, immer öfter die Oberhand behielt und sich bereits an mehreren Stellen diesseits des Grenzstromes festzusetzen begann. Der König ordnete an, mit der ganzen Truppenmacht zurückzuschlagen.

In dieser Zeit geschah es wieder, dass ihm eines Abends, als er gedankenlos auf die Terrasse hinaustrat, die untergehende Sonne einen so blendenden Strahl ins Auge sandte, dass er, von furchtbarem Kopfschmerz erfasst, zu Boden stürzte und sein Hofstaat meinte, der Schlag habe ihn getroffen. Doch auch dieses Mal genas er schnell mit Hilfe des Leibarztes, der jetzt immer um ihn war.

In dieser Nacht aber sah er sich selbst im Traum mit erhobenen Händen auf dem Gipfel des Götterberges knien, und neben ihm steckte eine Lanze in der Erde, auf der sein Haupt

aufgespießt war. In einem seltsamen Taumel widerstrebender Gefühle, in Seligkeit und Todesangst zugleich, erwachte er und befahl den sofortigen Aufbruch.

Die Straße war lange nicht benützt worden, doch noch immer ermöglichte sie einen schnellen und mühelosen Aufstieg.

Oben angekommen, war er einen Moment lang versucht niederzuknien, doch dann ließ er sich in den bereitstehenden Sessel sinken und starrte in die Ferne.

Alles war in Dunst und Nebel getaucht. Je weiter er blickte, desto verschwommener wurde die Aussicht, und die Gegend, in der er den Grenzstrom wusste, war nur noch als Andeutung zu erkennen. Auch die Ozeane und die fernen Gebirge waren verhüllt. Lediglich ein dunkler, schwarzer Berg, den er früher nicht bemerkt hatte, zeigte seine Konturen. Beklommen blieb er die ganze Nacht so sitzen und wartete auf den Sonnenaufgang. Doch weder an diesem noch an den folgenden Tagen hob sich der Nebel. Schließlich wurde der König unruhig, ungeduldig und zuletzt ärgerlich und rief aus: »Was soll ich hier schon finden, indem ich Träumen nachjage! Gebiete ich doch über die besten Gelehrten und tapfersten Krieger, und der klügste Arzt ist in meinem Dienst. « Und so zog er wieder hinab in seine Residenz.

Aber er fand keine rechte Ruhe. Seine Träume wurden immer quälender, so dass das abendliche Mittel verstärkt werden musste. Sein Herz füllte sich mit unerklärlichen Sorgen, obwohl ihm seine Feldherren von glänzenden Siegen berichteten und man eine gute Ernte erwartete. Immer wieder trat er, wie abwesend, hinaus ins Licht der untergehenden Sonne und blickte mit einem Weh im Herzen, das er sich nicht erklären konnte, in die Ferne. So traf ihn eines Abends wieder ein letzter, glutroter Strahl so heftig, dass er ohne Besinnung zu Boden fiel und trotz der stärksten Medizin einen Tag lang nicht zu sich kam.

Als er schließlich erwachte, rief er mit Heftigkeit: »Die goldene Scheibe! Wo ist sie? Schafft sie mir herbei!« Aber niemand aus seinem Hofstaat wusste etwas davon. Schließlich ließ er im ganzen Reich verkünden, wer ihm die goldene Scheibe wiederbringe, solle zum Dank Minister werden. Als sein langes Warten erfolglos blieb, drohte er gar, wer sie vor ihm verberge, werde hingerichtet. Doch er wartete vergeblich.

Nun begann der König dahinzusiechen. Er fand keine Freude mehr an den Zerstreuungen, verlor das Interesse an geistreichen Wortgeplänkeln, rauschenden Festen und üppigen Gelagen und begann, die Erfolgsnachrichten seiner Minister mit misstrauischen Kommentaren zu versehen. Von Zeit zu Zeit ließ er sich auf den Götterberg tragen, doch nur, um nach einiger Zeit, während der er vergeblich in den undurchsichtigen Dunst gestarrt hatte, ärgerlich wieder zurückzukehren.

Der Leibarzt sprach von einem unerklärlichen Klimawechsel, der den Berg ungesund gemacht habe, und auch die neue, wesentlich stärkere Medizin konnte nur noch für kurze Zeit die alte sorglose Stimmung hervorrufen.

So ließ der König eines Tages überall verkünden, wer ihn zu heilen wisse, dem werde er sein halbes Reich geben. Da strömten von überall die erfahrensten und geschicktesten Ärzte herbei, um ihn zu heilen. Sie probierten alle Mittel an ihm aus und quälten ihn auf jede nur erdenkliche Weise; doch wenn es einmal eine kurze Besserung gab, so war er anschließend dafür umso kränker.

Eines Tages erschien ein stattlicher Reiter auf dem Schloss und erklärte, er werde den König heilen. Die Höflinge hatten die Hoffnung darauf längst aufgegeben und sich angewöhnt, alle Heilkundigen wieder fortzuschicken. Doch aus Quellen, die niemandem bekannt waren, drang das Gerücht zu ihnen, dass dieser Reiter der größte Arzt der Welt und zugleich überaus mächtig und gefährlich sei. So ließen sie ihn ehrerbietig zum König, der seit langer Zeit nur noch im Sessel sitzen konnte.

»Du kommst, um mich zu heilen?« fragte der König müde und ohne Hoffnung. »Wie willst du das anstellen? Man hat alles mit mir versucht, hat mich geschnitten, gebrannt, gestochen und vergiftet, man hat mein Blut vergossen und meine Lebenskraft zerrüttet. Was bleibt da noch?«

»Ich gebe dir«, sprach da der Stattliche, »ein neues Herz. «

»Ein neues Herz?« fragte der König. »Ein neues Herz, ja, das ist es, was   ich brauche. Mein altes taugt nichts mehr. Die Sorgen haben es verschlissen, und es weiß nicht mehr, wofür es schlagen soll. - Aber«, fragte er, und die Aussicht auf ein neues Herz belebte ihn zunehmend, »wie willst du das anstellen?«

»Das lass nur meine Sorge sein. Du bist nicht der erste, dem ich dazu verhelfe. Aber ich fordere einen hohen Lohn dafür. «

»Du weißt, die Hälfte meines Reiches wird dein sein. Was kannst du mehr verlangen?«

»Behalte dein Reich und deine Schätze. Ich will etwas anderes: dein altes Herz. Du gibst es mir für das neue, und wir sind quitt. «

Der König schwieg, denn er wusste nicht, was er von dem Vorschlag halten sollte. »Was soll mein altes Herz schon wert sein?« dachte er bei sich. Und doch zögerte er.

Da sagte der Stattliche: »Es gibt noch einen anderen Weg zur Heilung; doch er ist beschwerlich und gefährlich, und niemand kann dir dabei helfen. Du musst den Götterberg besteigen. «

»Das habe ich oft getan, aber es hat mir nichts genützt«, winkte der König ab.

»Wenn du es wirklich getan hättest, säßen wir hier nicht beisammen. Aber ich verstehe dich, denn es ist fürwahr ein beschwerliches Unternehmen. Wenn du dagegen eine schnelle und bequeme Heilung willst, schlag ein.

Ich heile dich, während du schläfst. «
Dabei erschien ein abgründiges
Lächeln auf seinem Gesicht.
Dem König war bang in der Brust.
Doch die Aussicht, schnell gesund
zu werden, lockte ihn zu sehr.
»Was machst du mit meinem
alten Herzen?« fragte er. »Es ist
doch nichts mehr wert. «
»Ich werde es verspeisen,
denn es gibt mir Kraft«,
antwortete der
Stattliche, und seine schwarzen Augen funkelten dabei.

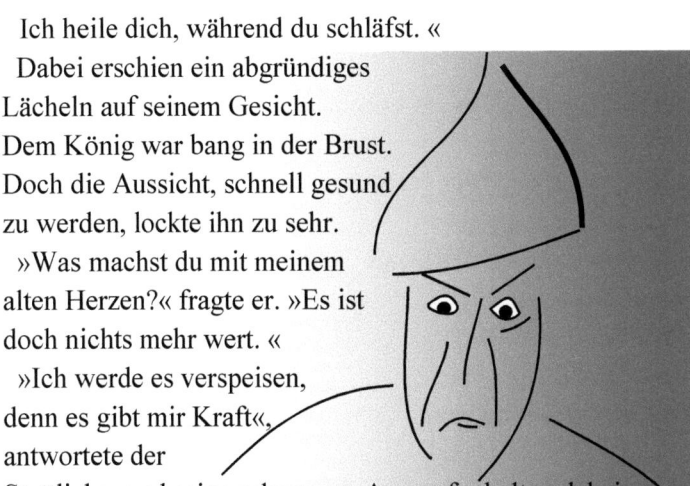

Da zuckte des Königs altes Herz zusammen. Doch er fragte
weiter: »Und mein neues Herz: wird es nicht schlechter sein,
da es doch nur ein Ersatz ist? «

»Nein, es ist viel besser. Es ist stark und unempfindlich gegen Sorgen, Nöte und all die törichten Schmerzen. Außerdem
-«, und dabei beugte er sich mit vielsagendem Blick vor,
»macht ihm die Abendsonne nichts aus. «

Wieder fühlte der König einen Stich in seinem schwachen
Herzen. Doch zugleich erinnerte er sich des Schmerzes, mit
dem ihn die Abendsonne mehrmals fast vernichtet hatte.

»Nein, das möchte ich nicht wieder erleben«, murmelte er
leise vor sich hin, »ich will leben, will mich meiner Reichtü-
mer erfreuen, will die Freuden der Tafel und des Bettes genießen und wieder ohne böse Träume schlafen. «

»Das alles wirst du mit deinem neuen Herzen können! «

»So sei es! « rief der König aus und gab ihm die Hand darauf.

»So sei es!« klang es in seinem Inneren nach, als höre er wieder seinen Vater sprechen. Erschrocken wandte er sich um, da sandte die untergehende Sonne einen blutroten Strahl durchs Fenster.

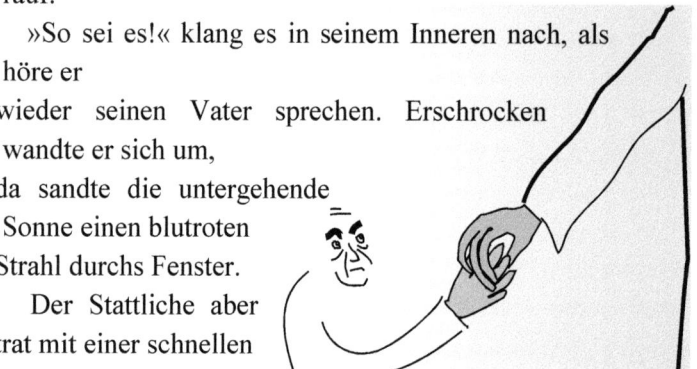

Der Stattliche aber trat mit einer schnellen Bewegung vor und schirmte den König dagegen ab. Im nächsten Augenblick war es Nacht, und der König fiel in einen tiefen Schlaf.

Als er erwachte, fühlte er sich seltsam leicht. Er sprang aus dem Bett, verlangte nach einem üppigen Mahl und ließ sich seine schönsten Kleider bringen. Dann gab er Befehl, ein glänzendes Fest vorzubereiten.

Es gab manches Gerücht über den fremden, stattlichen Reiter, der den König so wunderbar geheilt hatte und dann ohne Lohn wieder verschwunden war.

Der Diener aber hatte am Morgen die Vorhänge im Schlafgemach verschlossen gefunden, was noch nie vorgekommen war. Besonders aber wunderte er sich über eine kleine, seltsam geformte, goldene Scheibe, die mit geheimnisvollen Zeichen und einem roten Stein geschmückt war und auf einem Tischchen am Fenster lag. Er rückte es, nachdem er die Vorhänge geöffnet hatte, in die Ecke, wo es nicht weiter auffiel.

»Der König ist wieder der alte«, raunte man im Volk erfreut, denn nun begann eine Zeit des Feierns und Schmausens, des Jagens und Treibens. Es war wie in früheren Zeiten, und sie ließen sich weder durch die ungewöhnlich schweren Unwetter, die es in diesem Jahr gab, noch durch die Gerüchte von einer Niederlage der königlichen Truppen davon ablenken.

Des Königs neues Herz aber war, wie es der Stattliche versprochen hatte, stark und unempfindlich. So raubten ihm weder die vielen Bittgesuche der Armen noch die Strafaktionen, die er durchführen lassen musste, um genügend Geld für sein aufwendiges Leben zu bekommen, seinen tiefen und traumlosen Schlaf. Zwar wurden jetzt gelegentlich Stimmen im Volke laut, die seinen Blick fremd und sein Herz kalt nannten. Aber die meisten waren doch zufrieden, da sie wieder ungestört ihren Interessen und Geschäften nachgehen konnten. So verging ein Jahr.

Da begab es sich eines Tages, dass der König, wie immer mit lärmendem Gefolge, über den Marktplatz ritt. Das Volk machte ihm unter tiefen Verbeugungen Platz. Plötzlich aber erklang ein durchdringender Schrei. Alles verstummte und starrte auf den König.

Dessen Pferd stand wie angewurzelt vor einem kleinen Mädchen, das mit ausgestrecktem Arm und entsetztem Blick auf ihn zeigte und nicht zu schreien aufhörte, bis seine Stimme heiser wurde und in einem tonlosen Gestammel erstarb.

Der König wurde bleich wie der Tod, und hätte ihn nicht der Leibarzt aufgefangen, so wäre er vom Pferd gestürzt. Seit langer Zeit wieder fühlte er sein Herz; es ging ihm ein tiefer Stich hindurch, als sei er verwundet worden. Man brachte ihn aufs Schloss und warf das Mädchen mitsamt einem alten Mann in langem Gewand, der es tröstend in die Arme geschlossen hatte, in den Kerker.

In seinem Schlafgemach fiel der König sogleich in eine unruhige Geistesabwesenheit. Wieder sah er den Markt, die Menschen und das Mädchen, wie es auf ihn zeigte, und während er sich plötzlich aufrichtete, entrang sich seiner Kehle der gleiche schrille Schrei, wie ihn das Mädchen ausgestoßen hatte: »Ein Toter, ein Toter!«

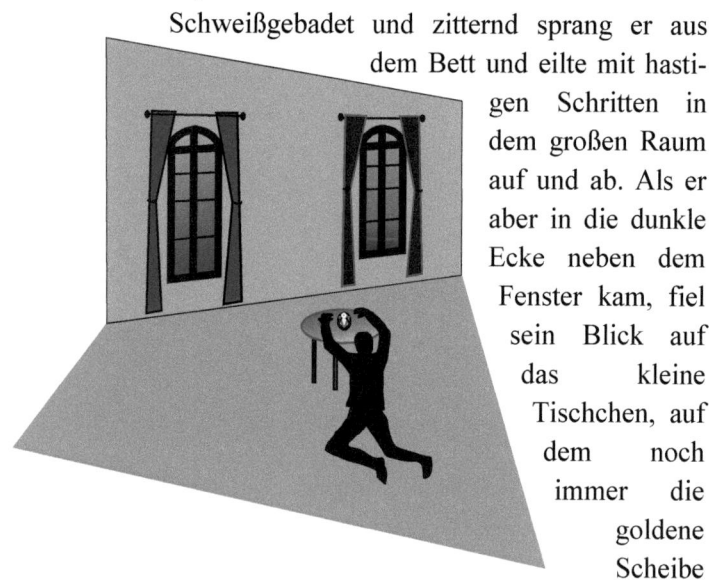

Schweißgebadet und zitternd sprang er aus dem Bett und eilte mit hastigen Schritten in dem großen Raum auf und ab. Als er aber in die dunkle Ecke neben dem Fenster kam, fiel sein Blick auf das kleine Tischchen, auf dem noch immer die goldene Scheibe lag. Der Diener hatte sie, einer Eingebung folgend, weiterhin unberührt dort liegen lassen.

Wie ein Schlag ging es da durch sein Herz; es war, als wolle es zerspringen und zwang ihn auf die Knie. Ein bitterliches Schluchzen stieg in ihm auf, während er mit tonloser Stimme immer wieder flüsterte: »Ich bin tot, ich bin tot, ich habe mein Herz verloren. «

Die ganze Nacht und den folgenden Tag kniete er so vor dem Tischchen mit der goldenen Scheibe, und sein Diener verwehrte jedem den Zutritt zu seinem Gemach und ließ auch die Vorhänge geschlossen.

Als es Abend wurde, öffnete sich mit einem Male geräuschlos die Tür und eine Gestalt in einem langen Gewand trat herein. Sie schritt zum Fenster, zog die schweren Vorhänge zur Seite und rückte das Tischchen mit der goldenen Scheibe ins Licht der untergehenden Sonne. Der König bemerkte es wie im Traum. Plötzlich aber erkannte er, dass es der Bewahrer der goldenen Scheibe war, der nun ebenfalls neben dem Tischchen kniete und hinaus in den Abend blickte. Und da leuchtete der Stein für einen

Augenblick auf und tauchte das Zimmer in ein glutrotes Feuer. Auch in dieser Nacht schlief der König auf den Knien.

Da sieht er wieder im Traume den Stattlichen, wie dieser sich gerade über ihn beugt, um ihm mit scharfen Krallen den Brustkorb aufzureißen.

Plötzlich aber steht neben ihm der Bewahrer der goldenen Scheibe in einem langen, lichten Gewand und hebt Einhalt gebietend die Hand. Der Stattliche, als er ihn bemerkt, reißt das Herz mit einem gewaltigen Ruck heraus und verschlingt es mit einem Bissen. »Du kommst zu spät!«, lacht er höhnisch, »Sein Herz ist mein.«

Die Gestalt im langen Gewand jedoch schüttelt das Haupt und erwidert: »Nein, auch diesmal ist es dir nicht ganz gelungen. Ein Rest ist ihm geblieben. Aber er wird viel leiden müssen, bis sein Herz wieder ganz ist. Hebe dich von dannen! Ich kann dich nicht strafen, denn du hast ihm ja den wahren Weg zur Heilung genannt. Er aber wollte König sein. «

Damit macht sie eine gebieterische Geste, und der Stattliche verschwindet mit einer tiefen Verbeugung.

Und eine Stimme spricht: »Großes macht groß, Mühe macht stark, Höhe lässt sehen - so ist der Wahlspruch der Könige. Die Seligen aber beugen ihr Knie und öffnen ihr Herz, auf dass sie erkennen. «

34

Bei diesen Worten erwachte der König und wusste mit einem Male, dass er auf dem Götterberg erwartet wurde. Als der Hofmarschall erregt eintrat, um ihm das spurlose Verschwinden des Mädchens zu melden, sagte er nur: »Es ist gut so. «

Dann ließ er das Volk zusammenrufen und sprach: »Bald werdet ihr einen neuen König haben. Seht zu, dass ihr eines besseren würdig werdet, als ich es war. Unsere Wege trennen sich heute, doch da sie alle ans gleiche Ziel führen, wollen wir leichten Herzens voneinander scheiden. «

Damit wandte er sich nach Westen, wo soeben die Sonne in goldenem Schimmer hinter den fernen Gebirgen versank. Niemand wagte, ihm zu folgen.

So ging er viele Tage, bis er zum Götterberg kam. Als er vor diesem stand und die schöne, breite Straße erblickte, sträubte sich etwas in ihm, sie zu betreten. Er suchte lange nach dem Fußweg, der einst seinen Vater hinaufgeführt hatte. Doch seine Baumeister hatten jede Spur davon gelöscht. So musste er schließlich widerstrebenden Herzens auf der breiten Straße hinaufsteigen, die ihm nun dreimal beschwerlicher erschien als damals der kleine, wilde Pfad. Sie war eben und gepflastert, doch seine Füße schmerzten darauf. Die Rastplätze waren trocken und sauber, doch es fehlte ihnen das weiche Moos und der erfri-

schende Duft der wilden Pflanzen. Keine Quelle, an der er rasten konnte, kein Tier, das ihn durchs Unterholz begleitete, keine Schlucht, in deren Schatten er sich erholen, und kein Felsen, den er erklimmen konnte. Selbst der Himmel schien seine Höhe verloren zu haben, da kein wilder Baum in ihn hinaufragte.

Schließlich erreichte er den Gipfel, der ganz von dem Lustschloss eingenommen wurde. Er trat ein und blickte durch die großen Fenster in die Ferne. Doch wieder war alles in Dunst und Nebel gehüllt. In seinem Herzen breitete sich eine unsägliche Traurigkeit aus. Er sank auf die Knie und weinte bitterlich.

Die Nacht stieg herauf, am Horizont leuchtete ein schwaches Rot, die Nebel wurden dichter. Der König horchte hinaus und starrte in das Dunkel. Furcht überfiel ihn wie nie zuvor. Da rief er in die Dunkelheit: »Sprich zu mir, Mächtiger. Hier bin ich, dein Diener. «

Doch nicht einmal der Wind gab ihm Antwort.

Die Morgendämmerung kam, die Nebel hoben sich, und der Himmel begann, zart aufzuleuchten. Er sah im ersten Schimmer des Morgenlichtes einen gewaltigen Berg, dessen Spitze sich jetzt, obwohl sie in unendliche Höhen reichte, rosa in der Morgensonne verfärbte. Ganz oben blinkte einen Augenblick lang ein glutrotes, kleines Licht.

Da hörte sich der König plötzlich sagen: »Ja, so sei es! «.

Seine ausgebreiteten Arme waren jenem Berg entgegengestreckt.

Und er erinnerte sich mit einem Male wieder an jenes kleine Lied, das eines Abends vom Fuße der Schlossmauer zu ihm emporgestiegen war:

Stille meines Herzens Sehnsucht,
schenke meiner Seele Ruh,
meine angsterfüllten Augen
schließ mit deinem Frieden zu.

Heute wusste er, dass es die Stimme jenes kleinen Mädchens gewesen war, das später auf dem Marktplatz so entsetzt geschrieen hatte. Damals aber hatte er sofort die Musikanten herausbefohlen, damit sie durch ein munteres Tanzlied die große Traurigkeit vertrieben, mit der das Lied ihn erfüllt hatte.

So machte er sich auf die Suche, immer dem Horizont entgegen. Es wurde eine lange Reise, Tag um Tag, Monat um Monat - schließlich wusste er nicht einmal mehr, wie viele Jahre vergangen waren, seit er sein Schloss verlassen hatte. Längst hatte er aufgehört zu zählen, wie oft der Mond voll und leuchtend am Himmel aufgestiegen war, wie oft die Bäume ihr Blätterkleid gewechselt und wie oft die großen Regen das Land überschwemmt hatten. Er machte sich keine Gedanken mehr über die Zukunft und grübelte auch nicht mehr über die Vergangenheit nach.

Morgens, wenn sich die Sonne mit neuer Kraft erhob, schüttelte er den Schlaf aus den Gliedern und schritt seinem Schatten nach.

Wenn es heiß wurde, ließ er sich unter den Bäumen nieder, während die Luft flimmerte, die Grillen ihre Lieder sangen und aus den Blumenwiesen betäubend süße Düfte aufstiegen. Wenn dann die Schatten wieder länger wurden, kehrte seine Seele von ihren Streifzügen durch das weite, leuchtende Land, von kühlen Hainen, murmelnden Quellen, stillen Dorfgassen und blauen Hügelketten zu ihm zurück und führte ihn weiter, der Sonne nach, die abends in einem weiten Bogen zu dem fernen, fernen Gebirge hinabstieg, um es für einen Augenblick mit flüssigem Gold zu überziehen.

Dann ließ er sich im weichen Gras nieder und lauschte dem süßen Abendlied der Vögel, das ihn früher, als sein Leben noch ohne Sinn war, mit so großer Wehmut erfüllt hatte. Er zog dahin, seinem unbekannten und fernen Ziel entgegen, ohne Hast und Drang, denn ihm war, als sei er längst angekommen.

Oft schien es ihm, als sei alles um ihn herum, Bäche und Wolken, Pflanzen und Tiere, ja selbst Berge und Wälder wie er auf der Wanderschaft, als strebten auch sie dorthin. Auch die Wanderer, die er bisweilen traf, erzählten ihm vom Götterberg. Doch immer trennten sie sich nach kurzer Strecke von ihm, um kleine Berge zu erklimmen die sich hier und dort am Rande des Weges erhoben.

»Was wollt ihr auf diesem Hügel?« hatte er sie dann anfangs gefragt, »Dort ist das Ziel«, während er in die Ferne deutete.

Sie aber schüttelten den Kopf und belehrten ihn, dass man nur auf diesem Berg hier Vergebung für die Sünden des Stehlens und auf jenem Berg dort für die des Tötens erlangen könne. Dann wieder zeigten sie ihm Berge, auf denen man um Glück, Gesundheit und sogar Reichtum bitten konnte.

39

»Worum willst du denn bitten, auf deinem fernen Berg dort hinten, den zu erreichen du dein Leben lang wandern musst?« fragten sie ihn.

»Ich weiß es nicht«, antwortete er, »aber wenn ich angekommen bin, werde ich es wissen. Etwas ruft mich. «

»Aber«, so meinten sie erstaunt, »suchst du denn nicht das Glück? Willst du nicht Gesundheit oder die Vergebung deiner Sünden?«

»Einst wollte ich den mächtigen Herrscher dort oben um etwas bitten... doch jetzt weiß ich nicht mehr, was ich suche... vielleicht mein Herz. « Indem er dies sprach, fühlte er ein Sehnen in seiner Brust, das ihn mit gewaltiger Kraft vorantrieb.

Regen, Wind und Sonne erquickten ihn, wilde Tiere bewachten sein Nachtlager, fröhliche Vögel grüßten ihn aus den Bäumen, Wolken zogen ihm entgegen, Sterne teilten mit ihm die Nacht, und die Sonne führte ihn weiter und weiter.

Mit der Zeit aber schien es ihm, als ginge sein Weg bergauf, als werde der Himmel klarer und die Luft reiner, das Gras kürzer und die Bäume niedriger. Wolken streiften ihn, und in den Nächten wurde es kühl. Doch immer winkte noch in der Ferne ein wolkenverhangener Gipfel.

Eines Nachts aber erwachte er und meinte, eine Stimme zu hören, die ihm weiterzuziehen befahl. Es war so dunkel, dass er den Weg nicht erkennen konnte, und zum ersten Mal seit langer Zeit befiel ihn wieder Furcht. Geh, raunte es in seinem Inneren, fürchte dich nicht, denn ich führe dich. Als er zum Himmel aufblickte, leuchtete dort ein Stern, den er vorher nie bemerkt hatte, und schien zu sagen: Folge mir...

So brach er auf, kroch durch dorniges Gestrüpp, watete durch reißendes Wasser und erklomm schmale Grate, die ganze endlose Nacht hindurch. Plötzlich befand er sich auf einer Felsscheibe, die nach allen Seiten von Abgrund umgeben war.

Er suchte und suchte, wohin es weitergehe, doch überall stieß er nur auf schwarze, drohende Leere. Erschöpft ließ er sich nieder - kaum war ihm bewusst, dass es seine Knie waren, auf denen er nun ruhte - und blickte suchend zum Himmel empor. Da verglühte soeben der Stern, der ihn geführt hatte, und am Horizont stieg ein zarter Schimmer empor. Der König aber sank in einen tiefen Schlaf.

Da träumte er wieder: Auf dem Felsen sein Vater, die Arme ausgebreitet, und neben ihm die Lanze mit seinem Kopf darauf. Doch während er sie betrachtete, begann sie sich in einen zarten Baum zu verwandeln, der Zweige und Blätter trieb. Bunte Blüten sprangen auf wie Edelsteine, und während aus ihnen die herrlichsten Früchte wuchsen, verwandelte sich sein aufgespießtes Haupt ebenfalls in eine paradiesisch schöne, herzförmige Frucht. Eine unwiderstehliche Sehnsucht zwang ihn, sie an sich zu nehmen.

In diesem Augenblick aber, da sie, wie ein Kleinod leuchtend in seiner Hand lag, erwachte er, und sein Blick fiel auf die soeben untergehende Sonne, die ihm einen letzten Strahl zuwarf. Er blickte um sich - da leuchteten die silbernen Bänder mächtiger Ströme, türmten sich Wolken über majestätischen Gebirgen und schimmerten Ozeane in türkisfarbener Unermesslichkeit.

Tief unten aber lag sein Reich, so winzig, als sei es zum Spielen gemacht. Allenthalben sah er Feuersbrünste lodern und schwarze Unwetter darüber hinwegziehen; und weit hinten, auf der Terrasse des Königspalastes, stand der neue König. Es war sein Leibarzt, der Taschenspieler. Doch seltsam - es berührte ihn nicht.

Die Freude, mit der er erwacht war, verließ ihn nicht mehr. Neben ihm, einsam auf der Spitze dieses hohen Berges, erhob sich ein Baum mit bunten Blüten und herrlichen Früchten und lud ihn ein, sich unter ihm niederzulassen.

An seinen Stamm gelehnt, blickte er in die Ferne zu den gewaltigen Gebirgen, bis ihn ein sanfter Schlummer überfiel.

Und als er beim Schein der ersten Sonnenstrahlen erwachte, kannte er das Geheimnis des Götterberges.